- HERGÉ -

LES AVENTURES DE TINTIN

LE CRABE AUX PINCES D'OR

CASTERMAN

Les Aventures de TINTIN ET MILOU
sont éditées dans les langues suivantes:

afrikaans:	HUMAN & ROUSSEAU	Le Cap
allemand:	CARLSEN	Reinbek-Hamburg
américain:	ATLANTIC, LITTLE BROWN	Boston
anglais:	METHUEN & Cº	Londres
	EDICIONES DEL PRADO. S. A.	
	POUR L'ESPAGNE ET POUR LE PORTUGAL	Madrid, Espagne
arabe:	DAR AL-MAAREF	Le Caire
asturien:	JUVENTUD	Barcelone
basque:	ELKAR	San Sebastian
bengali:	ANANDA	Calcutta
bernois:	EMMENTALER DRUCK	Langnau
brésilien:	DISTRIBUIDORA RECORD LTDA	Rio de Janeiro
breton:	CASTERMAN	Paris-Tournai
catalan:	JUVENTUD	Barcelone
chinois:	EPOCH PUBLICITY AGENCY	Taipei
coréen:	UNIVERSAL PUBLICATIONS	Séoul
danois:	CARLSEN/IF	Copenhague
espagnol:	JUVENTUD	Barcelone
espéranto:	ESPERANTIX	Paris
	CASTERMAN	Paris-Tournai
féroïen:	DROPIN	Thorshavn
finlandais:	OTAVA	Helsinki
français:	CASTERMAN	Paris-Tournai
	EDICIONES DEL PRADO, S.A.	
	POUR L'ESPAGNE ET POUR LE PORTUGAL	Madrid, Espagne
galicien:	JUVENTUD	Barcelone
gallois:	GWASG Y DREF WEN	Cardiff
grec:	ANGLO HELLENIC	Athènes
hongrois:	IDEGENFORGALMI PROPAGANDA	
	ES KIADO VALLALAT	Budapest
indonésien:	INDIRA	Djakarta
iranien:	UNIVERSAL EDITIONS	Téhéran
islandais:	FJÖLVI	Reykjavik
italien:	COMIC ART	Rome
japonais:	FUKUINKAN SHOTEN	Tokyo
latin:	ELI/CASTERMAN	Recanati/Tournai
luxembourgeois:	IMPRIMERIE SAINT-PAUL	Luxembourg
malais:	SHARIKAT UNITED	Pulau Pinang
néerlandais:	CASTERMAN	Tournai-Dronten
norvégien:	SEMIC	Oslo
occitan:	CASTERMAN	Paris-Tournai
picard tournaisien:	CASTERMAN	Tournai
portugais:	VERBO	Lisbonne
romanche:	LIGIA ROMONTSCHA	Cuira
şerbo-croate:	DECJE NOVINE	Gornji Milanovac
suédois:	CARLSEN/IF	Stockholm

ISSN 0750-1110

ISBN 2 203 00108 9

LE CRABE AUX PINCES D'OR

AÏ!... AÏ!
... AÏ!...

Evidemment, cela devait t'arriver un jour, avec ta vilaine habitude d'explorer les poubelles!... Est-ce que je fouille dans les poubelles, moi?

Tu as encore eu de la chance!... Tu aurais pu te couper. Regarde comme les bords sont tranchants.

Allons, en route!... Et ne recommence plus, sinon je te mets une musetière et je te tiens en laisse!

PSSST!... HÉ!... PSSST!...

CAFÉ DES SPO

Garçon, voulez-vous ajouter un demi?

Bien.

Ce cher Tintin!... Quelle joie de le revoir!...

Je dirais même plus : quelle joie de le revoir, ce cher Tintin!

Voilà, Monsieur.

A votre santé!...

A la vôtre!

Ah! ces chers vieux amis! Quelle joie de vous revoir!...

Et à part ça, quelles nouvelles ?...

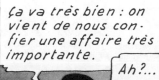

Ça va très bien : on vient de nous confier une affaire très importante.

Ah ?...

Je dirais même plus : une affaire ...heu... une affaire très importante ...

Ah ?...

Regardez... Avez-vous lu ceci ?...

"Attention aux fausses pièces de vingt francs!" ...Oui, j'ai lu cet article.

Eh bien ! c'est nous qui sommes chargés de tirer cette affaire au clair.

Ah ?... Très bien !... Et ...et on les reconnaît facilement, ces fausses pièces ?

Oh ! vous savez, nous qui les avons étudiées, nous les reconnaissons naturellement au premier coup d'œil, mais ...

Garçon !... Combien ?

Cinq francs vingt-cinq, Monsieur.

Voilà vingt francs ! ...Mais sinon, tout le monde s'y laisse prendre.

Je regrette, Monsieur..

Sapristi ! je me suis laissé refiler une fausse pièce !

PLAC

Voilà !

Merci.

Si vous n'avez rien de mieux à faire, venez chez nous. Nous vous montrerons les documents que nous avons déjà rassemblés pour notre enquête.

Volontiers.

Où as-tu mis ces documents ?

Mais, c'est toi-même qui les as rangés !

!

Qu'est-ce que c'est que ça?

Ça?... Ça nous a été envoyé par la Sûreté. Il s'agit d'objets qui ont été trouvés sur le corps d'un noyé. Vous avez vu? ... Il avait sur lui cinq pièces de vingt francs, toutes fausses. Bizarre, hein!...

Très bizarre!... .... Vous permettez?...

Je reviens dans quelques minutes!

Je vais le suivre!

Quelle mouche l'a piqué?

Sapristi! j'ai oublié ma canne!

Sapristi! il a oublié sa canne!

Le voilà !... Nous l'avons rejoint.

Mais enfin, qu'y a-t-il ?...

Il y a que le bout de papier qui se trouvait parmi les objets découverts sur le corps du noyé, provient de l'étiquette d'une boîte à conserve...

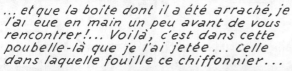

...et que la boîte dont il a été arraché, je l'ai eue en main un peu avant de vous rencontrer !... Voilà, c'est dans cette poubelle-là que je l'ai jetée... Celle dans laquelle fouille ce chiffonnier...

Tintin !... N'as-tu pas honte ?... Fouiller dans les poubelles comme un vulgaire chien de rue !...

Un instant...

Elle n'est plus là !... Et pourtant, je suis certain que c'est ici que je l'ai jetée. Une boîte de crabe, je m'en souviens très bien...

Ouvrez votre sac !...

Non, elle ne s'y trouve pas...

Bizarre autant qu'étrange...

Je dirais même plus : étrange...

Que s'est-il passé ?...

Des types complètement timbrés !... Ils sont à la recherche d'une boîte à conserve vide ! Une boîte de crabe...

Une boîte de crabe ?... Tiens, tiens ?...

Et maintenant, voyons ce morceau de papier d'un peu plus près...

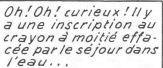

Oh! Oh! curieux! Il y a une inscription au crayon à moitié effacée par le séjour dans l'eau...

Je vais regarder cela à la loupe...

Encore en train de ronger un os?...D'où vient-il, celui-là?...

Ne pourras-tu donc jamais obéir?...

Voilà!...Et gare à toi si tu recommences!...

L'aurais-je laissé dans mon bureau?...

⑥

Il n'est pas ici non plus !!!...

CLAC...

?

Sapristi ! j'ai eu peur !... Et ce n'est que la porte qui s'est refermée brusquement à la suite d'un courant d'air !

Mais alors, j'y songe, le petit papier...

... se sera envolé lorsque je suis entré, la première fois, dans mon bureau, pour y prendre ma loupe !...

Tout s'explique. Le voilà !...

Voyons cela, maintenant...

Est-ce que je deviens fou ?... Je suis pourtant certain d'avoir déposé ma loupe ici, il y a une seconde !...

?

Je vais repasser au crayon sur tout cela. Voilà toujours un "K"... et un "A"... et ça, c'est un "R"... ou un "I"... ça va, j'y arriverai...

Karaboudjan

*Karaboudjan!
... C'est un nom
arménien, ça,
Karaboudjan...*

*C'est un nom
arménien. Bon,
et puis après?
... Me voilà bien
avancé!...*

*AU SECOURS !
AU SECOURS !*

Que se passe-t-il?...

*C'était la voix de la con-
cierge. Allons voir ce qui
est arrivé...*

*C'est un monsieur japonais ou chinois qui avait
une lettre pour vous, Monsieur Tintin. Mais comme il allait me la remettre, il est arrivé une auto
qui s'est   arrêtée...*

*... devant la porte. Trois hommes en sont
descendus : ils ont sauté sur le monsieur
chinois et ils l'ont assommé!... Moi, naturellement, j'ai crié: "au secours", mais un de
ces bandits m'a menacée d'un revolver
grand comme ça!... Puis ils ont jeté le monsieur   japonais   dans leur voiture et   ils sont   partis... avec
la   lettre   qui vous était
desti-   née...*

*Une boîte à conserve +
un noyé + cinq fausses
pièces + Karaboudjan
+ un Japonais + une let-
tre + un   enlèvement =
un fa-   meux cas-
se-tête   chinois...*

*Le lende-
main ma-
tin...*

**DRRING
DRRING
DRRING**

*Allo?... Oui...
Ah! c'est vous?
... Quelles nou-
velles?... Com-
ment?...*

*Oui, on a identifié le
noyé sur lequel on a-
vait trouvé ce mysté-
rieux bout de papier
et cinq fausses pièces
de vingt francs. C'est
un nommé Herbert Da-
wes, un matelot du car-
go KARA-   BOUDJAN
...*

*Le cargo
KARABOUD-
JAN! Vous
dites bien
KARABOUD-
JAN?...*

Au port, Milou!... Au port, en vitesse!...

KARABOUDJAN

79

KARABO

Comme il y a beaucoup de mouettes!

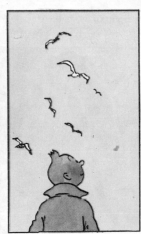

HORREUR!...

341

Malheur!... C'est raté!...

Eh bien! mon vieux Milou, si je n'avais pas eu l'attention attirée par ces mouettes, nous étions aplatis...

540

Que s'est-il passé?... C'est un mail-lon qui a cé-dé...

Ah! c'est vous?... Eh bien! j'ai failli être écrasé par cette lourde caisse! ...Et vous-mêmes, que faites-vous ici?...

Nous allons à bord du KARABOUDJAN pour l'affaire du matelot qui s'est noyé.

Ah?... Puis-je vous accompagner? J'en profiterais pour visiter le navire...

Resterez-vous longtemps à bord?

Non, une demi-heure, tout au plus.

Il monte à bord avec les deux détectives!

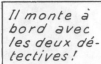

Occupe-toi de lui pendant que je les reçois!... Il ne faut pas qu'il redescende à terre!...

Compris...

Alors, entendu?... Je vous attendrai ici dans une demi-heure...

Ici?... Bon...

Bonjour, lieutenant. Nous venons au sujet de ce malheureux matelot...

Très bien, Messieurs, je suis à vous. Voulez-vous venir dans ma cabine? Nous y serons mieux pour causer...

Prenez garde, il y a une marche...

Oui, je vois...

...et la porte est fort basse...

...ainsi, ce matelot avait l'habitude de s'enivrer. La veille de sa mort, vous l'avez rencontré en ville, complètement saoul. Il est donc tombé à l'eau en voulant regagner le navire. Pour moi, l'affaire est claire.

Je dirais même plus: c'est clair.

Excusez-moi, lieutenant... c'est pour vous dire que j'ai terminé mon travail...

Ça va. Je vais aller voir.

Il faut d'ailleurs que nous partions, nous aussi, mon cher lieutenant. Nous vous avons déjà fait perdre assez de temps.

Pas du tout! Et je serais enchanté si j'avais pu vous être utile...

Oui, cette porte est réellement un peu basse...

Un peu, oui...

Un tout petit peu...

Le jeune homme qui était monté à bord en même temps que vous m'a chargé de vous dire qu'il ne pouvait plus vous attendre: il vient de partir...

Ah! Tintin!... C'est vrai, nous l'avions oublié...

Attention, il y a une marche.

Au revoir!

Au revoir!

Mais où donc a bien pu passer Tintin?

Ils m'ont mis à fond de cale, les bandits! Je me demande... Ah! Voilà quelqu'un.

Dites donc, ça va durer longtemps, cette petite plaisanterie?...

Oui et non, mon petit monsieur, ça dépend...

Pourrais-je au moins savoir pour quel motif on me retient ici à fond de cale?...

Ne fais pas l'innocent!... Tu sais cela mieux que nous..

Mais enfin...

CLAC

Milou!!! Mon vieux Milou!... Comment es-tu entré ici?... Ce ne peut être que pendant la visite de ces deux gredins...

Chut!... écoute...

TOOOOOT

Nous voilà partis... pour une destination inconnue. En attendant, il s'agit de ne pas moisir ici. Milou va couper mes liens et, à la première occasion, nous brûlons la politesse à ces forbans...

Voilà un radio chiffré que je viens de recevoir du Patron. Lis-le...

"Envoyez T. par le fond."

Et moi qui viens justement d'envoyer Pedro lui porter un peu de nourriture!... Bah! je vais prendre une corde, un poids de fonte, et arranger cela!...

C'est bien gentil de m'apporter ça, mais comment dois-je faire pour manger?... J'ai les mains liées derrière le dos...

C'est juste, je m'en vais vous détacher un peu, mais faites attention, hein!...

... au premier geste suspect... Compris?...

?

...il m'a demandé de relâcher ses liens, afin qu'il puisse manger; je me suis approché pour le faire, mais à ce moment j'ai reçu un formidable coup de poing et...

...et ce n'est rien à côté de ce que va te passer le lieutenant...

Imbécile!... Sombre idiot!... Il va falloir le retrouver maintenant, crétin!

... et il est armé, à présent.

Pourvu qu'il y ait des caisses de vivres. Alors, barricadés comme nous le sommes, nous pouvons soutenir un siège. Sinon...

Voyons ça...

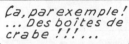

Ça, par exemple!... Des boîtes de crabe!!!...

Pas d'erreur, ce sont bien les mêmes boîtes que celle que nous avons essayé de retrouver!...

Nous tirerons cela au clair plus tard. Continuons notre inventaire...

Et du champagne!... Milou, mon ami, notre ravitaillement est assuré!

Et comment!...

Mon vieux Milou, je t'offre l'apéritif...

Chut!...

Silence!... Ils sont certainement à notre recherche!... Il ne faut pas qu'ils nous découvrent...

PAN

Inutile d'essayer d'ouvrir cette porte. Il s'est barricadé, naturellement. Nous l'aurons par la faim: il n'a rien à manger...

... que vous croyez, Messieurs!...

!?

De l'opium !...

Ainsi, nous voilà, sans le vouloir, sur la piste de trafiquants de stupéfiants...

Seulement, cela change tout à fait la situation ! Ils ont raison: nous n'avons rien à manger !...

Bah ! du moment que nous avons à boire...

Voyons un peu si nous ne pourrions pas filer de ce côté...

Mon Dieu, quel roulis !

Non, pas moyen d'atteindre le hublot supérieur : il est trop haut...

A moins que... oui, je crois que j'ai une idée...

Pendant ce temps-là...

Lieutenant, le capitaine vous demande...

Le capitaine ?... Que me veut-il, ce vieil ivrogne ?...

Oui, je vous ai f-f-fait appeler, lieutenant, c'est... c'est hon-honteux ! On me ...c'est honteux !... On me laisse mourir de soif !... Je... je n'ai p-p-plus une goutte de whisky !

C'est inadmissible, en effet, capitaine. Je vais vous en apporter tout de suite.

Toi, au moins, tu-tu-tu es un frère, Allan. Tu es le seul qui... le seul que... qui...

Mais oui, mais oui, vous savez bien que, pour rien au monde, je ne voudrais vous voir manquer de whisky...

...car ainsi, je reste le seul maître à bord et je fais ce qui me plaît...

La nuit est venue...

Voilà la nuit. Je vais mettre mon projet à exécution.

BOM

?

⑭

Allons, encore un essai...

Personne!!!... Mais alors...

...c'est peut-être le whisky qui...

Chut! ...Pas un cri!

Qui-qui...qui êtes-vous?...

Quelqu'un qu'on a embarqué de force sur ce maudit cargo et qui...

Maudit cargo!... Je... s-s-sachez que j'en suis le capit-t-taine!...et que je peux vous v-v-vous... vous faire mettre aux fers!

Merci, je sors d'en prendre. J'ai déjà passé suffisamment de temps dans vos cales pleines d'opium!

De... de l'opium?Il y a de l'op-p-pium dans les cales?...Dans mes cales...à m-m-moi?...

L'ignorez-vous?

De l'opium!!!...Mais co-co-comment?...C'est affreux!...Je suis un ho...un honnête homme,m-m-moi...et pas un...mais alors,qui a...?C'est Allan, le p-p-premier lieutenant, qui...Il...Il m'a trompé...

Ecoutez. Il faut m'aider. Et d'abord, vous allez me promettre de ne plus boire. Songez à votre dignité, capitaine! Que dirait votre vieille mère si elle vous voyait dans cet état?...

M-m-ma vieille m-m-mère?...

Voyons, voyons, capitaine!...

Bou-ouh... Bou-ou-ouh... Bou-ou-ou-ouh ...**Bou-ouh**...

Pour l'amour du ciel, taisez-vous....

Bou-ou-ouh... Maman!... M'man-an! **Bou-ouh!**

Allons voir. Il est peut-être devenu fou...

Trop tard!... Je vais être repris!...

Bou-ouh ...M'an-an!...

Eh bien? Que se passe-t-il, ici?...

M'man!... Bou-ou-ouh...

Je s-s-suis un misérable.

Allons, buvez un coup, cela passera...

FFFFH

N-n-non...non ... je... je lui ai p-p-promis de ne plus boire...et je ne boirai plus!

A qui avez-vous promis cela?...

Au j-j-jeune homme qui... quiqui... qui est venu ici...

Quel jeune homme?... Allez-vous me répondre?...

Tonnerre!

Je ne sais pas... je ne le connais pas...

Le petit gredin! ...Il était parvenu à pénétrer ici! ... Heureusement que les cris de cet ivrogne l'ont fait fuir. Mais il pourrait essayer de revenir...

Jumbo, tu vas rester ici et surveiller ce hublot. Si quelqu'un essaye de s'y introduire, tu l'abats. Compris? Voici une arme...

Bien.

Il faut en finir. Nous allons faire sauter la porte de la cale où il s'est réfugié!

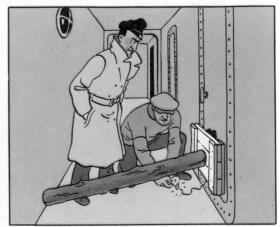

Voilà!... Allons nous mettre à l'abri...

BOUM

Il doit être évanoui...

Oui... ou bien il fait le mort...

Ah! la canaille!

PAN

PAN
PAN
PAN

Un bouchon de champagne!!!

Mais alors?
...

PAN

Vite!... Remontons!...

J'ai bien surveillé le hublot, lieutenant, mais pas l'armoire sous le lit!... Et c'est là qu'il s'était caché!...

Lieutenant, le radiotélégraphiste!... Je viens de le trouver ligoté et bâillonné!

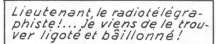

Dites, lieutenant, c'est rigolo!... Un des grands canots a disparu...

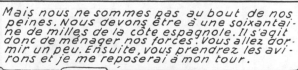

Voilà le jour. Nous sommes provisoirement sauvés: le KARABOUDJAN a disparu à l'horizon.

Mais nous ne sommes pas au bout de nos peines. Nous devons être à une soixantaine de milles de la côte espagnole. Il s'agit donc de ménager nos forces. Vous allez dormir un peu. Ensuite, vous prendrez les avirons et je me reposerai à mon tour.

O.K.

Mon Dieu, que j'ai soif!... Et froid!...

Mais, j'y songe, il y a ici un tonnelet d'eau douce, des biscuits...

... et du rhum!

Mais j'ai promis de ne plus boire et je tiendrai parole!

Après tout, si j'en buvais une toute petite gorgée...

...simplement pour me réchauffer un peu?

Hhhhha! ...Ça fait du bien par où ça passe!

Allons, encore une larme...

... et puis je la jette, c'est promis!

Tiens, elle est déjà vide!

Pauvre Tournicoti... p-p-petit! me il dort

Mais il d-d-doit avoir ru-rudement f-f-froid, lui aussi...

Oh! j'ai une idée...

!?

Nos rames, malheureux!!... Vous brûlez nos rames!! ...Êtes-vous fou?...

Ah! voilà un seau!...

Si... si t-t-tu éteins ça, tu-tu-tu auras affaire à m-m-moi, moussaillon de malheur!...

Moussaillon du diable, veux-tu lâcher ce seau!...

?

?

Qu'ai-je fait, mon Dieu? Qu'ai-je fait?...

Oui, vous nous avez mis dans de beaux draps...

Pardon!...Pardon!...Je suis un misérable!... J'ai bu le rhum qui se trouvait dans le coffre!... Pardon!..

Chut!...

Un hydravion! ...Nous sommes sauvés!...

Il porte l'indicatif du Maroc: C.N.

TAC TAC TAC TAC TAC TAC

Stupide malchance!... Une seule balle, et il a fallu qu'elle coupe net le câble d'allumage!... Heureusement, ça ne sera pas long à réparer.

Vas-y. Moi, je les surveille...

Voyons, ils sont tous les deux du même côté. Je plonge; je nage le plus longtemps possible sous l'eau, vers la gauche; lorsque je réapparais, je suis hors de vue et j'ai des chances d'arriver jusqu'à l'appareil.

Vous n'allez pas faire ça?...

Ça avance?.. Oui, j'ai presque terminé...

Eh bien?... Ça y est!... Je serre le dernier boulon...

Haut les mains!

Reculez!... Et n'essayez pas de faire le malin! Vous savez que je vise juste!...

Il a réussi!... Quel diable de garçon!...

Bon. Tâchez de trouver une corde pour ligoter solidement ces deux gaillards...

Les ligoter? Pourquoi faire?... Il n'y a qu'à les jeter à l'eau, tout simplement! Ont-ils hésité à nous mitrailler, ces bandits?

Justement, nous ne sommes pas des bandits, nous!... Allons, capitaine, ligotez-les et embarquons...

Et maintenant, dites-moi: qui vous a payés pour faire cette triste besogne?

Ah! je comprends pourquoi vous avez fait le généreux! Vous vouliez nous tirer les vers du nez! Mais nous ne dirons rien!...

A votre aise. Mais peut-être retrouverez-vous votre langue lorsque vous serez entre les mains de la police...

Dites donc, vous savez piloter un avion?...

Vous êtes sûr que c'est bien la direction de l'Espagne?...

Heuh...oui... reste à savoir si nous y arriverons. Nous allons avoir un fameux coup de tabac!

Mon Dieu! mon Dieu! c'est épouvantable!... Jamais nous n'en sortirons vivants!...

Tiens, une bouteille!... Si, au moins, c'était du whisky...

Et c'est du whisky!...

S'il faut mourir, que ce soit après avoir vidé une dernière bouteille!

D-d-dites, ça a l'air d'être am-m-m-usant?... Allons, laissez-moi p-p-piloter à mon t-t-tour...

C'est bien le moment!...

Mais p-p-puisque je vous d-d-dis que je v-v-veux!...

Lâchez ça, malheureux!...

Mon Dieu!... Quelle chance!... J'ai pu rétablir l'équilibre...

Attention! ...Il va vous assommer!

Rien à faire. Le bruit du moteur couvre ta voix...

Prends g-g-gar-de, moussaillon, je n'aime p-p-pas ces p-p-plaisanteries!...

V-v-vas-tu me laisser p-p-piloter, oui ou non?...Une fois ...Deux fois...Trois fois ...

Laissez-moi tranquille!

Alors, voilà p-p-pour toi, entêté!...

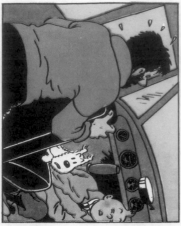

Mon Dieu! que m'est-il arrive?

Horreur!... Nous allons nous écraser au sol...

Nous l'avons échappé belle!

Mon Dieu!... Les deux prisonniers?... Ils sont restés dans l'avion!...

26

Arrêtez!... C'est de la folie!...

Le malheureux!... Il est perdu!...

Tenez!... Prenez-moi celui-ci!... Je m'occupe de l'autre...

Et voilà!.. Dites donc, êtes-vous bien certain que nous sommes en Espagne?...

Euh en... je... en tout cas, nous devrions y être...

Wouah! Wouah! Wouah!

?

Quel os!... Où as-tu encore déniché ça?...

Viens voir! ... Et, tu sais, il y en a encore beaucoup...

? !

Vous voyez?... Il y en a pour tout le monde...

Un dromadaire !...

Un dromadaire ?... Mais il n'y a pas de dromadaires en Espagne...

Nous ne sommes pas en Espagne, hélas !... Nous sommes en plein Sahara !...

En plein Sahara !... Mais alors, cet animal... cet animal est mort de... mort de...

... mort de soif, naturellement !

Eh bien ?... Qu'avez-vous ?... Un étourdissement ?...

Le pays de la soif !... Le pays de la soif !...

Le pays de la soif...

Allons, du courage ! Tout n'est pas perdu.

Il a l'air d'avoir un sérieux coup de bambou !

Le pays de la soif...

Les prisonniers ont disparu !...

Je comprends. Leurs liens étaient à moitié brûlés : il ne leur a pas été difficile de les briser.

Le pays de la soif...

Là-bas... Ils sont déjà loin ! Inutile de songer à les rejoindre... Bah ! tant pis...

Allons, en route, capitaine ! Peut-être aurons-nous la chance de découvrir un puits. ...

Le pays de la soif...

Merci tout de même, Milou...

J'ai fait de mon mieux...

Dites donc, plus de blagues, hein!... Je ne suis pas une bouteille de champagne, mettez-vous bien cela dans la tête!

A boire!...

?

Là-bas!...Un lac! ...De l'eau!... De l'eau!...

Arrêtez, malheureux!.. C'est un mirage!...

De l'eau!... De l'eau!...

Je vous l'avais bien dit : c'était un mirage. Il n'y a pas de lac.

Je l'ai pourtant vu...

Quelques heures plus tard...

يا دلها تنب سعدس...

و عسی؟

تس الاحاسم !

Ah!... Une bouteille de bourgogne !

Où voit-il une bouteille ?

Je vais la déboucher...

32

Toi y en a crié: "au secours"?...

Mon Dieu! Quel affreux cauchemar!

Où suis-je?... Que m'est-il arrivé?...

Toi y en a venir avec moi chez le lieutenant...

Ça y en a le jeune roumi, mon lieutenant...

Ah! vous voilà, jeune homme! Entrez donc. Heureux de vous voir sur pied.

Lieutenant Delcourt, commandant le poste d'Afghar.

Enchanté, lieutenant. Mon nom est Tintin. Mais comment se fait-il que...

...que vous vous retrouviez ici?... Eh bien! voilà. Hier, vers midi, mes hommes ont aperçu à l'horizon, bien loin vers le sud, une colonne de fumée. J'ai immédiatement pensé que cela pouvait être un avion et j'ai envoyé une patrouille qui, ayant relevé vos traces, vous a trouvés inanimés et vous a ramenés au bordj.

Ah! mon compagnon est donc sauvé, lui aussi...

Le voilà justement!... Entrez, entrez... et toi, Achmed, apporte trois verres et les ... apéritifs...

Alors, cette fumée, c'était donc bien un avion?

C'était un avion. Nous avons atterri un peu brutalement. L'appareil a capoté et a pris feu...

Merci, lieutenant, je ne prends jamais d'alcool.

Non? Vraiment?...

Heuh... n...non, merci, lieutenant, je... moi non plus, je... l'alcool, je n'en bois jamais...

Ah! vous non plus?... Bon, je n'insiste pas.

En tout cas, lieutenant, vous nous avez sauvé la vie. Sans vous, sans vos méharistes, nous mourions de soif.

C'est pourquoi vous avez tort de ne pas prendre un verre avec moi!... Mais ne parlons plus de cela. Expliquez-moi plutôt ce que vous veniez faire dans ce pays perdu...

...et voici les dernières informations. La violente tempête qui a fait rage toute la journée d'hier a causé la perte de plusieurs navires. Le vapeur TANGANYIKA a coulé au large de Vigo: l'équipage a été sauvé. Le cargo JUPITER a été jeté à la côte: l'équipage a également pu être sauvé. De plus, on a capté un S.O.S. lancé par le cargo...

KARABOUDJAN. Un autre vapeur, le BÉNARÈS, qui s'était immédiatement porté au secours du navire en détresse, a croisé toute la nuit dans les parages du dernier point indiqué par le S.O.S., sans apercevoir ni épaves ni naufragés, ce qui laisse supposer que le KARABOUDJAN a péri corps et biens...

!

Bizarre, ne trouvez-vous pas?

En effet!... Le KARABOUDJAN n'est pas une coquille de noix, que diable!... Il n'a pu couler si vite qu'on n'ait eu le temps de mettre les canots à la mer. C'est incompréhensible!

C'est bien ce que je pensais... Lieutenant, y a-t-il moyen de partir aujourd'hui même? Je voudrais atteindre la côte le plus vite possible. Je vous expliquerai pourquoi.

Aujourd'hui même?... Oui, c'est possible. Je vous donnerai deux guides. Cela suffira: depuis plusieurs mois, la région est sûre...

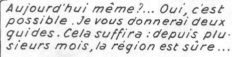

Deux heures plus tard...

Qu'Allah les protège...

Le lendemain matin...

Un radio qui vient d'arriver, mon lieutenant...

Merci.

Urgent priorité.- T.O. 1026 S.C. vingtaine pillards Berabers signalés environs Timmin en direction puits Kefheïr. Stop. Envoyer patrouille.

Tonnerre!... Le puits de Kefheïr est sur la route que doivent suivre Tintin et son compagnon!...

Achmed, fais venir immédiatement les sous-officiers. Et dis-moi, j'y songe; qu'as-tu fait des bouteilles qui étaient là hier?

Moi y en a pas savoir, mon lieutenant, moi y en a pas touché aux bouteilles...

C'est le moment de boire un bon coup: ils ne font pas attention à moi.

Kefheïr... le puits.

A votre bonne santé, mes amis!...

CLAC

PAN

PAN

PAN

PAN

PAN
PAN
PAN
?

Les Berabers!...

Vite! derrière la dune!...
Et pied à terre!...

PAN   PAN

PAN

Et le lieutenant qui disait que la région était sûre!...

Ah! les gredins!...

Ils le payeront cher!...

PAN

PAN

PAN

PAN

PAN

PAN

Et maintenant, ils peuvent venir: je les attends!

PAN

PAN

PAN

PAN

Sapristi! Il y a là quelqu'un qui semble m'avoir pris pour cible...

PAN

Ah! mais... je l'ai repéré!... Attends, mon vieux, je vais te dire deux mots, moi aussi!

PAN

Par la barbe du Prophète!... Cette fois-ci, je t'aurai!...

PAN

المنجل!... السد!
!طلعصورش مى
!السد العش! صى

PAN   ?

Pas trop mal visé, hein, mon vieux?...

PAN PAN

Ça va! J'ai pu me glisser derrière eux sans être aperçu...

PAN

D'abord le jeune roumi: c'est le meilleur tireur...

PAN PAN

PAN

WIZZZ

CLAC

!

PAN

?

PAN PAN PAN

ZZZZ

VENGEANCE!

PAN

VENGEANCE!

VENGEANCE!

VENGEANCE!

PAN

PAN

Canailles!... Emplâtres!... Va-nu-pieds!... Troglodytes!...Tchouck-tchouck-nougat!..

?

Capitaine!... Arrêtez, capitaine! ...Vous allez vous faire tuer!...

Sauvages!... Aztèques!...Grenouilles!... Marchands de tapis!... Iconoclastes!...

C'est vrai qu'il y a un Dieu pour les ivrognes!... C'est miracle qu'il n'ait pas encore été touché...

Chenapans!... Ectoplasmes!... Marins d'eau douce!... Zoulous!... Bachi-Bouzouks!... Doryphores!...

Froussards!... Macaques!... Parasites! Moules à gaufres!...

Ça, par exemple!... Il les a mis en fuite!...

...et si vous osez revenir, vous ferez connaissance avec cette crosse!...

Bravo, capitaine!... Magnifique!...

Qu'est-ce que je leur aurais passé à ces sauvages, s'ils m'avaient attendu!...Mais ils ont détalé comme des lapins... sauf un, qui m'a lâchement frappé par derrière, le pirate...

En avant!... Poursuivez-les!... Et ramenez-les prisonniers!...

Bon sang! le lieutenant!...

Mais alors... mais alors...ce n'est pas moi qui les ai mis en fuite, ces barbares?...C'est le lieutenant?...

Eh bien! il était temps que nous arrivions, n'est-ce pas!...

Vous tombez à pic, lieutenant. Comment se fait-il que vous soyez là?...

C'est tout simple. J'ai reçu ce matin un radio signalant la présence de pillards aux environs de Kefheir. Nous avons immédiatement sauté en selle... et nous voilà!...

Et maintenant, dès que mes hommes seront revenus avec les prisonniers, nous repartirons vers le nord, tous ensemble, afin d'éviter d'autres incidents de ce genre...

Après plusieurs jours de voyage, Tintin et le capitaine sont arrivés à Bagghar, le grand port sur la côte marocaine...

Nous irons d'abord chez le commandant du port. Peut-être pourra-t-il nous donner des nouvelles du KARABOUDJAN.

Bonne idée..

!

?

Tintin!... Tintin!... Où allez-vous!...

Laissez-moi passer, vous!...

Allons, circulez!

Circulez!

Tas de sauvages! A cause d'eux, j'ai perdu Tintin. Quelle mouche l'a piqué, celui-là?...

Attention!...Ne le perdons pas de vue...

?

C'est trop fort!...Il est certainement entré dans une de ces maisons, mais laquelle? Je ne puis pas attendre qu'il ressorte: je risquerais d'être reconnu. Bah! tant pis: je reviendrai.

Comment faire pour retrouver Tintin?

A présent, il s'agit de retrouver le capitaine. J'espère qu'il aura eu l'idée de se rendre directement chez le commandant du port et de m'y attendre.

Et m-m-maintenant, ch-ch-chez le co-commandant du p-p-port!... C'est c-c-combien, moussaillon?

Cinq francs

?

P-P-POLICE! PO-PO-POLICE!

Eh bien! qu'y a-t-il encore?

On... on... c'est hont-t-teux!... On m'a v-volé mon p-p-porte-monnaie! ...Je p-p-porte p-p-plainte!... Au... au voleur!... Mon p-p-porte-monnaie!

C'est hont-t-teux!... C'est une ville de f-f-filous, ici!... Qu'on me rende mon p-p-porte-monnaie!...

Le voilà, votre porte-monnaie!... Et ne criez plus comme ça!... Il était tombé de votre poche. Une autre fois, vous ferez attention avant d'ameuter tout le quartier!

!

Et rentrez chez vous maintenant, hein!... Si vous causez encore du scandale, on vous emmène au poste. Compris?

Compris, am-m-miral!

C'est ♪ nous ♪ les ♪ gars ♪ de la ♪ marine

DJEBEL AMILAH

?

Mille s-s-sabords!...C'est le K-K-KARABOUDJAN!... Police!... Arrêtez-les!... Police! Po-p-p-police!...

P-P-POLICE! PO-POLICE!

Je vous d-d-dis que c'est le KARABOUD-BOUD-BOUD-JAN, mille sabords!... Moi... C'est moi qui suis le c-capitaine!... Ce n'est pas le DJEBEL ...chose... le DJE-BEL...machin!... Il faut les ar-r-rêter tous!

En voilà assez! Au poste!

Mais puisque je vous dis que c'est le K-K-KARABOUDJAN!... Il est plein d'op-p-pium!

?

Le capitaine!
...Il faut tout
de suite pré-
venir le lieu-
tenant!

Allo?...Oui, c'est moi
...Quoi?...Es-tu fou?
...Le capitaine ici?...
Tu es sûr?...Et il a
reconnu le bateau?
...Tonnerre!...On
l'emmenait au pos-
te?...C'est bien, j'ar-
rive...

Pendant ce temps-là...

Bizarre, il n'est pas
encore arrivé. Je lui
avais pourtant bien dit
que nous irions d'abord
chez le commandant
du port...

Le lendemain matin

Allo?...Les services
du port, oui...Ah! c'est
Monsieur Tintin?...Le
capitaine Haddock?
...Non, nous ne l'avons
pas encore vu...

Cela devient in-
quiétant. Il lui
est certainement
arrivé quelque
chose. Je vais m'a-
dresser à la police.

POLI

Le capitaine Haddock?...Nous venons de
le relâcher: il y a cinq minutes à peine
qu'il est parti. On l'a amené ici hier dans
la soirée: il causait du scandale sur la
voie publique. Il nous a déclaré, en par-
tant, qu'il allait chez le commandant du
port et qu'il avait quelque chose de
très important à vous dire. En courant,
vous   le rejoindrez vite.

Quelque chose de
très important?...
Qu'est-ce que cela
peut être?

Ah! le voilà.

Le KARABOUDJAN ici!
...C'est Tintin qui sera
surpris, quand je lui
annoncerai cela.

Oh! mon
lacet s'est
dénoué.

A MOI!
AU SECOURS!

On enlève le
capitaine!

CLAC

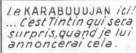

43

Et cette porte qui ne veut pas s'ouvrir!...

Un bruit de moteur!... Seraient-ils en auto?

Trop tard!...

Une autre voiture!...Tant pis, je saute dedans : il faut absolument sauver le capitaine!

Ça y est, le moteur est en marche!... En route, et pleins gaz!...

Eh bien?...Que se passe-t-il? ...Comment se fait-il que je parte en arrière!...

RRRRREUH RRRRREUH RRRRREUH
Arrête!...Il doit y avoir un faux contact au klaxon de la voiture...

Il ne faut pourtant pas qu'ils m'échappent!...

Sauvé!... Un taxi!

Taxi, à la gare du Sud!

Vite, suivez cette voiture!

? *?*

Veuillez descendre, jeune homme: j'étais le premier!

Je vous demande pardon, Monsieur, mais j'étais avant vous!

Mon jeune ami, je n'ai pas l'habitude de discuter avec des freluquets!... Descendez! Et plus vite que ça!... Je dois être dans un quart d'heure à la gare du Sud.

Et moi, je dois aller sans retard à l'Institut Pasteur...

...car je viens d'être mordu par ce chien enragé!

Vite, chauffeur, vite, suivez cette voiture!

Quelle voiture, Monsieur?

Quelle voiture?... Mais, sapristi! celle qui... Mon Dieu! elle a disparu!

Il ne me reste plus qu'à retrouver la ruelle où j'ai perdu de vue le lieutenant du KARABOUDJAN.

Seulement, pour cela, il faut que je sois vêtu d'un burnous, sinon je risque moi-même d'être reconnu.

Ah! voici précisément un fripier... mais... mais... je ne me trompe pas...

Panel 1: Voilà ces chers amis Dupont et Dupond!...

Panel 2: Juste ciel! vous êtes donc sain et sauf!... Nous avions perdu tout espoir de vous retrouver vivant!

Ce que je trouve vraiment extraordinaire, c'est qu'il nous ait reconnu comme ça, tout de suite, malgré notre déguisement!

Panel 3: Dites-nous, maintenant : que s'est-il passé à bord du KARABOUDJAN? Nous avons été stupéfaits quand on nous a communiqué le texte du message que vous aviez envoyé par radio :"Ici Tintin prisonnier à bord du KARABOUDJAN. Quittons navire. Opium dans les cales." Nous avons immédiatement pris l'avion pour Bagghar...

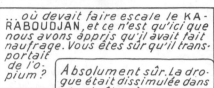

Panel 4: ...où devait faire escale le KARABOUDJAN, et ce n'est qu'ici que nous avons appris qu'il avait fait naufrage. Vous êtes sûr qu'il transportait de l'opium?

Absolument sûr. La drogue était dissimulée dans des boîtes à conserve avec une étiquette ornée d'un crabe rouge et portant les mots "CRABE EXTRA".

Panel 5: Des boîtes de crabe?... Au fait, j'y songe...

J'en ai vu une chez le fripier où nous venons d'acheter nos burnous.

Est-ce vrai? ...Vite, allons voir!

Panel 6: Elle a disparu!

!

Qu'as-tu fait de la boîte de crabe qui se trouvait sur cette table?

Panel 7: Voilà, sidi. Moi y en a mis la boîte ici, dans le placard.

C'est bien cela!... C'est bien la même étiquette : je la reconnais.

Panel 8: Ouvrez cette boîte!

Panel 9: !?

Voilà, sidi...

Panel 10: Regardez!

C'est du crabe!

Naturellement, sidi, ça y en a du crabe! Du bon crabe, sidi, bonne qualité...

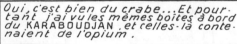

Panel 11: Oui, c'est bien du crabe...Et pourtant j'ai vu les mêmes boîtes à bord du KARABOUDJAN, et celles-là contenaient de l'opium.

Hem!... Bizarre.

Je dirais même plus : bizarre autant qu'étrange...

Panel 12: Dis-moi : où as-tu acheté cette boîte?

Chez Mohammed Ben Ali, sidi, la boutique au coin de la rue...

Allons chez ce Mohammed Ben Ali.

Regardez!

Eh bien! il n'y a personne?...

Je dirais même plus: il n'y a personne.

Pas d'erreur, ce sont les mêmes boîtes.

Holà! quelqu'un!...

Holà! quelqu'un!?...

? ?

BOUM

BANG

Mon Dieu! il lui est arrivé quelque chose...

Dupont!... Dupont!... Où es-tu?

?

BANG

BOUM

? ? ?

!

Eh bien?...

Faites attention: il y a une marche...

Rien de cassé?...

Non, ça va...

Oui, ça va...

Attention!... Votre chapeau!...

Que faites-vous ici ?

Ah! c'est vous le propriétaire de cette boutique?...

Je désirerais connaître le nom et l'adresse du fournisseur qui vous a vendu les boîtes de crabe que vous avez en magasin...

Ces boîtes de crabe?... C'est Omar Ben Salaad, sidi, le plus gros négociant de Bagghar. Il est riche, sidi, très riche!... Il a un palais magnifique, des chevaux, des autos, des terres immenses dans le Sud. Il possède même une machine volante, sidi, un avion, comme disent les roumis...

Ah?... très bien, je vous remercie...

Voulez-vous m'aider et me- ner au sujet de cet Omar Ben Salaad une enquête discrè- te?... Essayez, entre autres choses, de savoir le numéro d'immatriculation de son a- vion particulier. Mais faites tout cela discrètement, très discrètement.

Comptez sur nous, mon cher ami. La discrétion, nous ne connais- sons que cela. Motus et bouche cousue, telle est d'ailleurs no- tre devise.

C'est cela, botus et mouche cousue: c'est notre devise...

Et maintenant, il s'agit de délivrer le capitaine. Allons d'abord acheter des vêtements.

Allo? lieutenant?... Ici Tom...Oui, nous avons le capitaine...Oui... il a un peu crié, mais les quais é- taient déserts et ses cris n'ont ameuté personne ...oui... vous arrivez?... dans une heure?... O.K.

Pendant ce temps là...

RUE DE L'OUE

C'est bien ici qu'habite Mon- sieur Omar Ben Salaad?... Nous désirons lui parler.

Mon maître vient de sor- tir, sidi. Le voilà qui s'en va, là-bas, sur son âne...

Ah! c'est lui?...

Place!...Place au puissant Omar Ben Salaad!...

Suivons-le.

Il est entré. Nous entrons?

Naturellement, nous entrons...

SITE DE MOSQUÉE ʒʒ sᴛ PRIE DE ÉCHAUSSER

VISITE DE LA MOSQUÉE ———— ON EST PRIÉ DE SE DÉCHAUSSER

Une heure après...

Comment cela a-t-il pu m'arriver?...

Mon pied aura heurté un de ces mauvais pavés...

Ouf!...Je l'ai échappé belle!

Je vais risquer le tout pour le tout, et le suivre. Si l'on m'interroge, eh bien! je suis venu demander l'aumône!...

Que viens-tu faire ici?...

La charité, mon bon seigneur... Allah vous le rendra...

Hors d'ici, mendiant pouilleux! ...Ver de terre!... Disparais, fils de chien galeux!

On n'est pas plus poli...

Oh!Oh!... Cela va être plus difficile que je ne le pensais? Comment faire à présent? Mais j'y songe, où est Milou?...

Par la barbe du Prophète!... Voleur!

?!

Ici, vermine! ...Rends-moi mon gigot!...

C'est le moment ou jamais!...

Un gigot tout entier! ...Sale chien!... Ah! si jamais je le retrouve!

Dis-moi, sidi Allan est-il là?...

Sapristi! Il est déjà de retour!

Oui, il vient d'arriver, Abd El Drachm.

Vite!... Cachons-nous dans la cave.

C'est bien, je vais le rejoindre. Salut.

Juste ciel! Il vient de ce côté!

Eh bien?... Disparu?... Il ne s'est pourtant pas volatilisé!...

Ni porte secrète ni trappe : les murs et le sol rendent partout un son plein. C'est de la sorcel-lerie.

WOUAH!

Milou!... Eh bien! tu m'as fait une belle peur!

Ah, coquin! Je comprends! Tu t'es caché dans ce soupirail pour y manger ton gigot!

Quant à moi, Milou, je fais comme ce vieux Diogène, je cherche un homme! Tu ne connais pas Diogène?... C'était un philosophe grec, qui logeait dans un tonneau...

Dans un tonneau!... Dans un tonneau, Milou!... Sapristi! je crois que j'ai trouvé!...

Voyons si, par hasard, ce tonneau ne s'ouvre pas...

Je crois que ça y est! Voici des charnières...

Et voilà, Milou!... Par ici la sortie!

Et une porte à l'autre bout! C'est bien ça, mon vieux Milou. Nous sommes sur la bonne piste...

Hourra!... Les boîtes de crabe du KARABOUDJAN!...

BANDITS!

BRUTES!
La voix du capitaine!...

Hurle tant que tu le voudras: personne ne peut t'entendre. Montre-toi plutôt raisonnable. Allons, une dernière fois, dis-moi où est Tintin?...

ICI!...
?

Haut les mains!... Et que personne ne bouge! Vous, là... rendez la liberté au capitaine...

Dans mes bras!... Dans mes bras!... Que je t'embrasse!

Pirate!... Corsaire!

Holà! du calme, vieil ivrogne!...

ARLEQUIN!

HYDROCARBURE!

ZOULOU!

CANAQUE! GYROSCOPE!

?!

Vengeance!..

Emplâtre!... Doryphore!... Noix de coco!... Zouave!... Cannibale!...

Vas-y!... Ksss! Ksss! Mords-le!

Anthropopithèque!... Iconoclaste!...

Tra-la-la-ou-ti ♪

Pendant ce temps...

Voilà le seigneur Omar Ben Salaad qui revient de la mosquée...

Le voilà rentré chez lui. Si nous allions l'interroger?

Bonne idée...

Seigneur, il y a là deux roumis qui demandent à te parler. Ils ont dit qu'ils étaient chargés d'une petite enquête.

C'est bien. Introduis-les: je vais les recevoir...

Voici, Monsieur Omar, nous sommes chargés de mener une enquête à votre sujet...

Une enquête discrète, comme de juste...

Ah?... Et à quel propos, cette enquête?...

Un de nos amis, un jeune homme nommé Tintin, vous soupçonne de vous livrer au trafic des stupéfiants.

Est-ce exact, Monsieur Salade?...

?!

Par la barbe du Prophète!... Oser soupçonner Omar Ben Salaad!... Hors d'ici, chiens d'infidèles!... Hors d'ici, tout de suite! ou je vous fais écorcher tout vifs!...

?

Paltoquet!

Anacoluthe!... Invertébré!... Jus de réglisse!

Tintin!!!

?

Ksss!... Ksss!...

Ainsi, c'est donc toi, Tintin!... Eh bien! mon jeune ami, cette fois, ta dernière heure est venue...

Faites attention!... C'est très dangereux de jouer avec des armes à feu...

? PAN !!

Qui est cet homme?...

Omar Ben Salaad!... Nous venions précisément de l'interroger, et il nous avait assuré de sa complète innocence!...

Quel poids lourd!

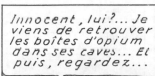

Innocent, lui?... Je viens de retrouver les boîtes d'opium dans ses caves... Et puis, regardez...

Regardez ce bijou!... Deux pinces de crabe en or!... C'est le chef de la bande, j'en suis sûr!... Vite, téléphonez à la police!...

Allo, allo, police?... Ici Dupond et Dupont, détectives diplômés. Après une longue et périlleuse enquête, nous avons réussi à découvrir une bande de trafiquants d'opium... oui... parfaitement... et leur chef est un individu nommé Ben Salaad, que nous tenons à votre disposition...

Qu'est-ce que vous dites?... Omar Ben Salaad? Est-ce que vous vous payez ma tête?... Omar Ben Salaad, l'homme le plus respecté de toute la ville de Bagghar, vous l'avez...

...capturé, oui!... Que le ciel nous tombe sur la tête si ce n'est pas la vérité!

Très juste!

Omar Ben Salaad, trafiquant d'opium! On aura tout vu!... Mais... que se passe-t-il encore?

Canaille!... Vampire!...

Lui!... Encore lui!

Hourra!... La police!...

Il faut arrêter cet homme!... C'est un b-bandit, un f-f-forban!... Il m'a do-do... il m'a donné des coups de ba-ba... des coups de bâton...

Ce ne sont pas des coups de bâton qu'il vous faut! C'est un bon coup de matraque!

Ah! la police!... Messieurs, voici l'homme que nous avons réussi à capturer!

Je dirais même plus, voici l'homme!

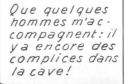

Que quelques hommes m'accompagnent: il y a encore des complices dans la cave!

Le lieutenant s'est échappé!... et c'est le plus dangereux de tous...

Il aura fui par l'autre issue!... Que vos hommes s'occupent des bandits qui se trouvent encore dans cette cave. Nous allons essayer de rattraper l'autre...

Descendons vers le port. C'est un marin: il est probable que c'est de ce côté-là qu'il se sera dirigé...

?

Police!
Police!

On m'a volé un des canots auto-mobiles dont j'avais la garde! Un individu a sauté dedans et est par-ti à toute allure!

C'est lui! Je le reconnais. Vite, un autre canot!

Eh bien?... Ça n'avance pas!...

L'amarre!... Vous avez ou-blié de détacher l'amarre!...

C'est juste, nous avons oublié l'a-marre!

Attends, j'ai un canif: ça ira plus vite!

Ça va?

Ça y est!

Nous le rattrapons!... Notre canot est plus rapide que le sien!...

Tonnerre! je suis poursuivi!

Zut!... Le moteur s'est calé!... Qu'est-ce que... Mon Dieu! où sont les Dupond-Dupont?...

Il y a quelque chose qui s'est embarrassé dans l'hélice...

Un filet de pêche!... Ça va! nous pouvons repartir...

Malédiction! Il est de nouveau à mes trousses!...

Et d'un!...

Et de deux!...

Et de trois!...

Le canot fait de dangereuses embardées!... Quelle terrible lutte!... Ah! il y en a un qui se relève!... Qui?...

Ma parole, c'est Tintin!... Il a maîtrisé son adversaire!... Il fait demi-tour!... Il revient!...

Vite! Passez-moi cette longue-vue!

?!

Hourra! Il ramène le lieutenant!... L'équipage du KARABOUDJAN est au grand complet!...

Du calme, brigadier!... Qu'alliez-vous faire là?... C'est grâce au capitaine Haddock que nous avons cerné le DJEBEL AMILAH, qui n'était autre que le KARABOUDJAN camouflé, et que nous avons arrêté tout l'équipage...

Venez vi-......te! Il y a quelqu'un là-haut qui vous attend.

Toutes mes félicitations, Monsieur Tintin!...

Qui est cet homme?...

Permettez-moi de me présenter: Bunji Kuraki, de la Sûreté de Yokohama. la police, aidée par l'ex-capitaine du KARABOUDJAN, vient de me délivrer de la cale où j'étais retenu prisonnier. J'avais été enlevé au moment où j'allais vous faire remettre une lettre...

Ah! c'était donc vous...

Oui, je voulais vous avertir des dangers que vous couriez en vous occupant de cette affaire. Moi-même, j'étais sur la piste de cette bande, puissamment organisée, qui avait des ramifications jusqu'en Extrême-Orient. Un soir, j'ai rencontré un marin, un nommé Herbert Dawes...

...qui faisait partie de mon équipage...

et qui s'est noyé...

C'est cela. Il était ivre et s'est vanté de pouvoir me procurer de l'opium. Pour le prouver, il m'a montré une boîte à conserve, vide, mais qui, disait-il, avait contenu de la drogue. Je lui ai demandé de m'apporter, le lendemain, une boîte pleine. Mais le lendemain, il n'est pas venu, et moi, je me faisais enlever...

Oui, on l'aura fait disparaître! Mais, dites-moi, on a trouvé sur lui un bout d'étiquette qui portait, écrit au crayon, le mot KARABOUDJAN.

En effet. Je lui avais demandé le nom de son bateau. Comme il était ivre et qu'il bredouillait, je lui ai demandé de l'écrire. Il a arraché un morceau de l'étiquette, sur lequel il a écrit ce nom, puis il a mis le bout de papier dans sa poche...

Quelques jours après...

...et c'est grâce à notre jeune compatriote Tintin que la bande du Crabe aux pinces d'or, au grand complet, se trouve aujourd'hui sous les verrous.

Ici, Radio-Centre. Chers auditeurs, veuillez écouter à présent une causerie donnée par Monsieur Haddock, capitaine au long cours, sur le sujet...

...l'alcool, ennemi du marin.

DRRING

Bonjour, Monsieur Tintin!... Voici le courrier... et un paquet...

Qu'y aurait-il dans ce paquet?

Et si tu l'ouvrais?

Moi, je me méfie!... Imagine que ce soit une machine infernale?... Ces bandits sont capables de tout...

A Milou, de la part d'un admirateur!

Et maintenant, écoutons le capitaine...

...car le pire ennemi du marin, ce n'est pas la tempête qui fait rage; ce n'est pas la vague écumante...

...qui s'abat sur le pont, emportant tout sur son passage; ce n'est pas le récif perfide caché à fleur d'eau et qui déchire le flanc du navire; le pire ennemi du marin, c'est l'alcool!

Fffh!... Quelle chaleur dans ces studios!...

GLOU...GLOU...GLOU... ❈...⭐...BOUM... ...DZINGG................. ....crr... Que se passe-t-il?

Ici Radio-Centre. Mesdames et Messieurs, nous nous excusons d'avoir dû interrompre cette émission. Le capitaine Haddock vient d'être pris d'un malaise...

Allo, Radio-Centre? Ici Tintin. Pourriez-vous me donner des nouvelles du capitaine Haddock? J'espère qu'il ne lui est rien arrivé de grave...

Non, rien de grave. Le capitaine va déjà beaucoup mieux...oui...non...il s'est trouvé mal tout juste après avoir bu un verre d'eau...

Imprimé en Belgique par Casterman, s.a., Tournai.
Dépôt légal: 4ᵉ trimestre 1960; D. 1966/0053/43.

FIN

HERGÉ

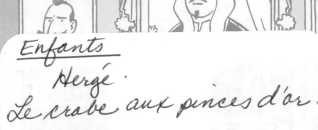

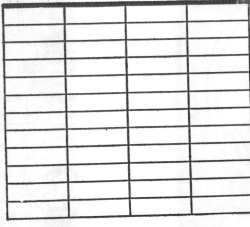

Enfants

Hergé.

Le crabe aux pinces d'or.

DATE DUE
